Susanne Clay

DER FEIND GANZ NAH

Gewalt in der Familie

Bearbeitet von: Iris Felter

Illustrationen: Rebecca Bang Sørensen

GEKÜRZT UND VEREINFACHT
FÜR SCHULE UND SELBSTSTUDIUM

Diese Ausgabe, deren Wortschatz nur die gebräuchlichsten deutschen Wörter umfasst, wurde gekürzt und in der Struktur vereinfacht und ist damit den Ansprüchen des Deutschlernenden auf einer frühen Stufe angepasst.

HERAUSGEBER: Ulla Malmmose

Illustrationen: Rebecca Bang Sørensen

Original title: Der Feind ganz nah
Gewalt in der Familie

ISBN Denmark 978-87-23-90798-1
www.easyreaders.eu

The CEFR levels stated on the back of the book
are approximate levels.

Easy Readers
EGMONT

Printed in Denmark by
Sangill Grafisk, Holme-Olstrup

Biografie

Susanne Clay wurde 1962 in Niedersachsen geboren. Sie hat Germanistik, Politik und Philosophie studiert. Nach dem Magisterabschluss arbeitete sie gemeinsam mit Pädagogen und Sozialarbeitern in Projekten mit Jugendlichen.

Seit 2007 arbeitet sie als Schriftstellerin und Dozentin für Kreatives Schreiben.

Heute lebt sie mit ihrer Familie in Köln.

In ihren Romanen erzählt die Autorin von und aus der Sicht von Jugendlichen.

Ihre Romane greifen aktuelle Themen auf wie Alkoholabhängigkeit, Partydrogen, Gewalt in der Familie und Mobbing im Internet.

Andere Werke:

Voll, 2007
Du siehst sie doch auch, die Lichter, 2008
Der Feind ganz nah, 2009
Cybermob, 2010

Vier Jahre ist es her. Vier Jahre, auf den Tag genau. Heute bin ich achtzehn und denke kaum noch an meinen Vater oder an unser Haus.

Wir leben in einer kleinen Wohnung. Im Wohnzimmer steht unser Computer. Da steht auch der Fernseher. Meine Mutter schläft in einem schmalen Raum. Man muss über das Bett klettern, um das Fenster zu öffnen. Meine kleine Schwester Freddy und ich teilen uns ein Zimmer.

Meine Schwester. Sie lacht immer noch nicht viel. Ihr Gesicht ist schmal und viel zu ernst. Sie ist zart und sieht jünger aus als die Mädchen aus ihrer Klasse. Aber sie erschrickt nicht mehr, wenn jemand die Tür öffnet. Und sie fragt mich nicht mehr jeden Abend: »Du bleibst auch wirklich da? Du gehst nicht weg, Matti?«

Ich gehe selten weg. Manchmal treffe ich mich mit meinem Freund Berry. Aber nicht oft. Es sind achtzig Kilometer zwischen uns.

Für heute Abend habe ich Weißwein kalt gestellt. Wir feiern nicht. Aber es ist ein Erinnerungstag. An den schlimmsten Tag. An den Tag, als meine Mutter bewusstlos in der Küche lag. Als Berry sie mit dem Auto meines Vaters ins Krankenhaus fuhr.

Jedes Jahr um diese Zeit kommen die Bilder. Ich möchte sie *löschen*, aber sie bleiben. Genau wie das Gefühl im Bauch.

löschen, ausmachen

Auf einmal ist alles wieder da!

Ich sehe mich, einen dünnen, blassen Jungen, auf der Bank hinter dem

Krankenhaus. Neben mir Berry. Und ich bin wieder vierzehn und heule. Und es ist mir egal, wer das sieht.

***

Mein Vater war Handwerker. Manchmal nahm er mich mit in den Baumarkt.

Ich war damals fünf Jahre alt. Es war nicht das erste Mal, dass er mich schlug. Ich wusste, was es bedeutet, wenn seine Hand auf mich zukommt.

Ich sehe mich: den Arm über den Kopf, um mich zu *wehren*. Den Schritt rückwärts. Der Moment, der zur Ewigkeit wird.

Weglaufen geht nicht. Die Beine wissen nicht, dass sie laufen können. Die Füße wissen nicht, wie sie von der Stelle kommen.

Es ist nicht die Angst vor dem Schmerz. Daran erinnere ich mich kaum. Nur an das *Geräusch* der Schläge. An das Gefühl, wie mein Arm gerissen wird.

Wie mein Körper schwer wird.

Meine Mutter zieht mir eine *Windelhose* an. Man kann sie wie eine Unterhose herunterziehen. »Nur für die Fahrt«,

sich wehren, sich verteidigen
das Geräusch, etwas, das man hören kann

das Holzgitter
die Murmel

sagt sie, »vielleicht kann Papa nicht halten, wenn du mal musst.«

Im Baumarkt zeigt mein Vater mir Werkzeuge. Manchmal setzt er mich in einen großen Einkaufswagen und schiebt mich durch die Gänge. Wenn er es eilig hat, setzt er mich im Garten*bereich* ab. »Du wartest hier«, sagt er.

Ich rolle ein paar *Murmeln* über den grünen Kunstrasen und passe auf, ob er wiederkommt. Eine Murmel rollt eine Treppe herunter. Ich springe auf, will sie *erwischen*. Dabei fällt ein *Holzgitter* um. Ich will es festhalten. Will es wieder hinstellen. Aber es fällt doch und lärmt.

Ein Verkäufer kommt und sagt etwas. Er ist nicht unfreundlich. Er lächelt.

Dann sehe ich, wie mein Vater angerannt kommt. Er *packt* meinen Arm und *schüttelt* mich. Ich sehe sein rotes Gesicht. Es kommt näher, sein Arm hebt sich. Die Hand in der Luft ist groß und schwer.

Seine Stimme ist sehr laut. Andere Leute bleiben stehen, rufen etwas.

Als wir zu Hause ankommen, reißt er mich aus dem Sitz und zieht mich ins Haus. Er geht zum Schrank und holt die *Hundepeitsche* heraus. Ich muss mich über den Stuhl legen.

die Hundepeitsche

der Bereich, abgegrenzter Raum
die Murmel, siehe Zeichnung Seite 7
erwischen, fangen
das Holzgitter, siehe Zeichnung Seite 7
packen, mit den Händen greifen und festhalten
schütteln, schnell etwas hin und her bewegen

Ich erinnere mich nicht an meine Schreie. Ich erinnere mich nicht an den Schmerz. Nur an das Geräusch in meinen Ohren. Und an seine Stimme, als er sagt: «Zieh dich an und geh auf dein Zimmer.«

Meine Mutter kommt später zu mir. Sie nimmt mich in die Arme und trägt mich wie ein Baby ins Bad. Sie ist blass, ihre Hände *zittern*. Als sie mir die Hose auszieht, weint sie.

Ich sehe sie an, will sie trösten. Ich will, dass sie aufhört zu weinen. Meine Hände sind kalt. Mein Mund ist trocken. Ich kann nicht sprechen.

Ich kämpfe gegen den Schmerz. Dann kommen meine Worte heraus: »Bist du auch böse auf mich, Mama?«

*

Als ich klein war, musste ich manchmal aufs *Klo* nachts.

Leise stehe ich auf. Ganz leise gehe ich zum Klo.

»Ruhe!«, brüllt mein Vater von unten. Dann kann ich nicht und gehe zurück. Aber kaum liege ich im Bett, drückt es erneut.

Und ich stehe wieder und wieder auf. Bis in die tiefe Nacht.

Wenn er mich hört, kommt er, packt mich, schüttelt mich und schreit: »Was bist du für ein Baby? Geh in dein Zimmer! Wag dich nicht mehr raus!«

zittern, hier: aus Angst ganz kleine, schnelle Bewegungen machen
das Klo, WC

Morgens ist das Bett nass. »Baby, *Hosenpisser, Weichei*«, sagt mein Vater.

Dann zieht meine Mutter mir nachts Windelhosen an. Morgens ziehe ich sie aus und verstecke sie unter dem Bett.

Wenn ich aus der Schule komme, sind sie weg.

*

Als ich zehn Jahre alt war, saßen Freddy und ich oft oben in meinem Bett und *lauschten*.

»Tut er Mama was?«, fragt Freddy.

Wir ziehen die Decke über den Kopf. Aber wir können nicht weghören von dem Brüllen meines Vaters.

Freddy, im großen Pyjama, blass und still. Freddy, die meine Hand umklammert. »Wird er Mama was tun?« Ihre dünne Kinderstimme zittert. Sie sieht mich an.

Als könnte ich etwas sagen. Als könnte ich was tun.

Ich erzähle ihr Geschichten. Singe ihr Lieder vor.

Manchmal kommt meine Mutter nach oben. Wir hören sie im Bad. Wenn ich leise an die Tür klopfe, wird es ganz still hinter der Tür.

Dann läuft der Wasserhahn und sie sagt: »Schnell ins Bett, ganz schnell. Es ist alles in Ordnung.«

Aber ich sehe ihr verweintes Gesicht. Und wenn sie uns morgens mit müden, *verschwollenen* Augen

der Hosenpisser, jemand, der in die Hosen macht
das Weichei, Schwächling
lauschen, aufmerksam zuhören
verschwollen, dick und aufgedunsen

weckt, sagt sie: » Kopfschmerzen.« Sie sieht uns nicht an, sagt nur: » Die ganze Nacht geweint vor Kopfschmerzen.«

Freddy und ich *schweigen*. Machen alles wie immer. Sitzen unten am Tisch, packen stumm unsere Taschen, fahren zur Schule. 5

*

Damals sah ich nie, dass mein Vater meine Mutter schlug. Er packte sie am Arm, schüttelte sie. Manchmal, wenn sie etwas sagte, was ihm nicht gefiel, sah er sie nur an. Dann murmelte sie eine Entschuldigung. 10

Aber auch im Sommer trug sie Blusen mit langen Ärmeln.

Ein paarmal stand mein Vater vor meiner Schwester und holte aus zu einem heftigen Schlag. In ihr versteinertes Gesicht. 15

Jedes Mal blieb der Arm einen Moment in der Luft. Dann fiel er herab. Er blickte auf seine Hand, blieb kurz stehen, drehte um und lief hinaus.

*

Als ich zwölf Jahre alt war, habe ich Berry im Krankenhaus kennengelernt. 20

Kaum jemand im Ort wusste, wer er war. Aber jeder kannte seinen Vater. Den *Immobilien*könig. Er

schweigen, nichts sagen
die Immobilie, Grundstück, Haus oder Gebäude

war einer der wichtigsten Kunden meines Vaters. Wenn es in den Wohnungen etwas zu tun gab, rief er meinen Vater an.

Ich war im Krankenhaus. Eine Woche musste ich bleiben. Jeden Tag kamen meine Mutter und Freddy. Sie brachten mir Süßigkeiten und Münzen für den Getränkeautomaten.

Berry stand am Automaten. Er *fluchte*. Er *rüttelte* daran und trat dagegen. Dann drehte er sich um.

Zuerst sah ich die *Tattoos* auf seinen Armen. Von den Händen zogen sich graue Muster über die Arme und bis über die Schultern. Um den Hals hatte er einen Metallring. Ohren und Augenbrauen waren von silbernen Ringen durch*stochen*.

Er trug eine schwarze Lederweste und schwarze Stiefel. Seine Hose rutschte ihm fast über den Hintern. Ein dicker *Verband* war um seinen Arm. Unter seinem Kinn bemerkte ich eine tiefe *Wunde*.

Berry, der *Punk*, sah mich von oben bis unten an. »Hey, ich kenn dich.«

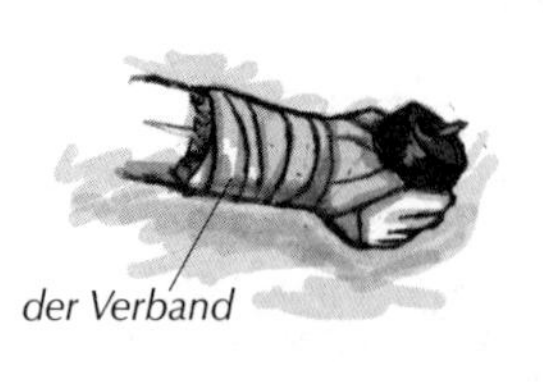

fluchen, böse Worte sagen
rütteln, mit den Händen etwas heftig hin und her bewegen
stechen, hier: mit einem spitzen Gegenstand ein Loch in die Haut machen
die Wunde, Verletzung, die blutet
der Punk, Jugendlicher mit meist provozierendem Aussehen und rebellischer Haltung

Ich merkte, wie die Münze in meiner Hand feucht wurde. Ich hatte noch nie mit einem Punk geredet.

»Ich kenn dich. Aus der Schule.«

Ich nickte.

Er streckte den Arm aus. Eine Münze lag in seiner Hand. »Kann die Klappe nicht aufmachen. So ein Mist!«

Ohne ihn anzusehen, drückte ich mich an ihm vorbei. Es passierte dauernd, dass Münzen stecken blieben. Aus meiner Hosentasche zog ich eine *Büroklammer*. Bald fiel die Münze durch. Ich hatte das schon so oft gemacht.

»Danke, Mann!«, sagte Berry.

Ich zog mir eine Cola aus dem Automaten. Drehte mich zu ihm hin. Er sah mich nachdenklich an. Ich zog noch eine Cola und hielt sie ihm hin. Da sah ich zum ersten Mal sein schiefes *Grinsen*. Seine Augen lachten auch.

Er nahm mir die Cola aus der Hand. »Gehen wir ein Stück raus?«

Berry setzte sich auf eine Bank im Park. Winkte mich mit einer Handbewegung neben sich. Fragte, warum ich im Krankenhaus war.

Ich erzählte, wie ich die Treppe heruntergefallen war. Mit dem Kopf auf eine Kante. Deshalb der Kopfverband.

Er sah mich lange an. Irgendwann schlug ich die Augen nieder.

die Büroklammer

das Grinsen, hier: schiefes Lächeln

Wir saßen eine Zeit lang schweigend nebeneinander. Dann hob er seinen Arm mit dem Verband. »Bin auch die Treppe herunter. Hab nicht gemerkt, dass der Knochen gebrochen ist. Aber mein Gesicht sieht besser aus als deins!«

Irgendwann sagte ich: »Ich kenn deinen Vater. Er gibt meinem Vater Arbeit.«

»Mein Vater«, sagte Berry. »Mein Vater ist tot!«

*

Als ich zwölf war, hatte ich mir zu Weihnachten eine Anlage gewünscht. Keine große, nur eine kleine, um CDs zu hören.

Ich war sicher, dass sie unter dem Baum liegen würde.

Nach der Kirche folgte das endlose Warten, bis der Tisch gedeckt war. Bis alle *Kerzen* leuchteten. Bis wir zu Tisch gingen. Drei *Gänge*, dann durften wir endlich an den Weihnachtsbaum, unter dem die Geschenke lagen.

Zuerst Freddy, weil sie die Kleinste war. Dann kam ich an die Reihe.

Ich sah mich schon, wie ich oben in meinem Zimmer Musik hörte. Ich plante schon eine CD-Sammlung.

die Kerze

Als ich dann den *Baukasten* in der Hand hielt, stellte ich ihn ab, suchte nach einem weiterem Paket.

der Gang, ein Essen besteht oft aus drei Gängen, Vorspeise, Hauptgericht und Nachspeise
der Baukasten, Kinderspielzeug

Dann begann ich zu weinen.

Meine Eltern und Freddy sahen mich an. Ich hob den Kopf und sagte: » So einen *Kinderkram* will ich nicht. Ich will eine Anlage!«

Mein Vater sprang auf, riss mich an den Haaren hoch. Mit Schlägen trieb er mich wie ein Tier bis zur Tür. Meine Mutter versuchte ihn zu stoppen. »Hör auf, es ist Weihnachten.«

Ich stürmte hinaus, rannte die Treppe hoch. Er schrie hinter mir her: »Wag dich nur nicht mehr runter!«

Meine Mutter kam spät am Abend in mein Zimmer.

»Hör zu, Matti! Er hat den Baukasten selber ausgesucht. Er hat mir erzählt, dass er sich selbst immer einen gewünscht hat, als er so alt war wie du.«

Ich antwortete nicht. Hielt mir die Ohren zu. »Lass mich in Ruhe, Mama!«

Sie nahm meine Hand. »Als dein Vater dich so brutal geschlagen hat nach dem Baumarkt, habe ich ihn verlassen. Du warst fünf. Erinnerst du dich? Wir haben eine Zeit bei meinem Bruder gewohnt. Bei Christian. Danach hat dein Vater versprochen, dass er dich nie wieder schlagen würde. Wir wollten es noch einmal versuchen. Dann kam Freddy.«

»Na und? Was willst du von mir? Ich will nichts mehr hören. Mir ist egal, was du machst. Mir ist egal, was du erzählst.«

der Kinderkram, etwas ohne Wert und Bedeutung

»Morgen fahren wir zu Christian«, sagte sie. »Wenn dein Vater sich nicht ändert, gehen wir weg von ihm. Für immer.«

Am nächsten Tag saßen wir alle beim Frühstück. Er blickte mir ins Gesicht und fragte: »Und, willst du mir etwas sagen?«

Ich schüttelte nur den Kopf.

»Vielleicht bleibst du heute besser zu Hause.«

Ich freute mich immer sehr auf die Besuche bei meinem Onkel. Aber an dem Tag hatte ich keine Lust. Ich ging nach oben in mein Zimmer.

Am späten Nachmittag kamen sie zurück. Schon auf dem Weg die Treppe hoch, rief meine Mutter meinen Namen. Sie stürmte in mein Zimmer und lachte.

»Komm, wir haben eine Überraschung für dich!« Sie gab mir ein kleines Päckchen von Christian. Ich riss die Verpackung auf. Ein ganz kleiner iPod lag in meiner Hand.

Meine Anlage. Meine Musik.

Die würde ich ihm nie zeigen.

***

Ich bin vierzehn, und wenn mein Vater mich schlägt, weint meine Mutter und will ihn beruhigen. Aber er *schleudert* sie einfach weg.

Abends kommt sie dann in mein Zimmer. Meistens sitzt sie nur schweigend an meinem Bett. Streicht mir über das Haar.

schleudern, hier: jemanden mit großer Kraft von sich werfen

Irgendwann steht sie auf und geht hinaus.
Manchmal sagt sie: »Es reicht. Jetzt reicht es!«
Manchmal sagt sie: »Er meint es nicht so. Er liebt dich doch. Er liebt uns doch alle. Er will nicht so sein.«

Wenn ich mit meinem Vater allein bin und er mich schlägt, sage ich ihr nichts. 5

Wenn Freddy nicht dabei ist, kann ihr nichts passieren.

Wenn meine Mutter nicht dabei ist, kann ihr nichts passieren. 10

*

Hinter unserem Haus liegen Felder und Wiesen. Ein Feldweg geht direkt hoch zu einer alten *Scheune*. Freddy ist schon da und winkt mir zu. Ich sehe schnell auf meine Armbanduhr. Es ist noch früh. Samstag und erst kurz nach elf. 15

*

Freddy wünschte sich eine Katze. Schon lange. Berry kam an einem Nachmittag zu uns in die Scheune. Er *hockte sich* zu Freddy, öffnete eine Einkaufstasche und zog ein winziges graues Katzenbaby vor. Den ganzen Nachmittag spielte 20 meine Schwester mit dem kleinen Tier. Nahm es in den Arm, küsste es auf die rosa Nase.

die Scheune, siehe Zeichnung Seite 18
sich hocken, sich setzen

die Scheune

Als Berry ging, mit der schlafenden Katze auf dem Arm, sagte er: »Frag zu Hause. Wenn du sie behalten darfst, gehört sie dir, Freddymaus, okay?«

Tagelang bettelte Freddy. Machte Versprechungen. Meine Mutter schüttelte den Kopf. Doch Freddy gab nicht auf, und irgendwann sagte meine Mutter, sie würde versuchen, unseren Vater zu überreden.

Abends beim Essen fiel kein Wort über die Katze.

Als der Tisch abgeräumt war, und wir ihm Gute Nacht sagen wollten, sagte er, ohne Freddy anzusehen: »Jede Katze, die sich diesem Haus nähert, *knall* ich *ab*!«

*

Ich schaue den Feldweg hinunter. Kurz danach steht Berry vor uns. Er gibt mir einen leichten Schlag auf die Schulter. »Hey Mann!«

Wenn er Freddy begrüßt, wird seine Stimme hell. Er streicht ihr übers Haar und bewundert ihre Puppe. Aus der Einkaufstasche holt er die Katze heraus. »Lotti hatte *Sehnsucht*«, brummt er.

Freddy lacht ihm entgegen. Sie streichelt die Katze.

Berry lässt sich auf den Rücken fallen. Schimpft mit Lotti, wenn sie ihm über den Bauch spaziert. Ab und zu lächelt er.

*

Wir rennen. Ich versuche, neben Freddy zu bleiben. Sie rennt barfuß, atmet schwer. Einmal fällt sie fast

abknallen, totschießen
die Sehnsucht, hier: starker Wunsch nach etwas

hin. Ihr Gesicht ist weiß, ihre Augen voller Angst.

Berry geht zu ihr, fasst ihr unter das *Kinn*. Er sucht ihren Blick.

»Gibt es Stress jetzt, weil ihr zu spät seid? Bringt 5 wohl nichts, wenn ich mitkomme?«

Ich nehme Freddys Hand. »Hey Schwesterlein. Es ist mein Fehler. Hab die Zeit vergessen.«

Sie sieht nicht hoch zu mir.

10 »Freddy! Es ist meine Schuld.«

Sie zieht ihre Hand aus meiner.

Berry stellt die Tasche mit der Katze neben Freddy. »Guckst du mal kurz nach Lotti, Freddymaus?«

Mir nickt er zu: »Komm!«

15 Ich folge ihm zum Wegrand.

»Was geht jetzt ab bei euch? Wird es so schlimm?« Sein Gesicht ist ernst.

Ich versuche zu lächeln. »Keine Ahnung. Vielleicht brüllt er. Ich weiß es nicht. Das weiß man vorher nie.«

20 »Gibt es Schläge?«

Schläge. Keine Ahnung, ob es Schläge gibt. Wenn sie kommen, kommen sie. Wann und warum? Wütend und heftig?

Ich kann nicht antworten. Stehe nur da. Atme tief 25 ein.

»Wir müssen los!« Ich drehe mich um. Doch Berry hält mich fest. Lässt mich nicht gehen. »Warte! bitte!«

Ich sehe ihm ins Gesicht.

»Pass auf die Treppen auf!«, sagt er leise und 30 streicht sich über den Kopf.

Dann streckt er mir die Hand hin. Ich nehme sie, und er hält sie einen Augenblick ganz fest. Schlägt mir noch mal auf die Schulter.

»Was ist mit Freddy?«

»Er wird ihr nichts tun.« 5

Berry greift in die Tasche seiner Weste. Zieht ein Handy hervor. Drückt es mir in die Hand. »Reicht noch für ein paar Anrufe. Ruf mich an! Oder kommt zu mir!«

Er schaut zu Freddy hinüber. »Beide. Okay?«

Ich stecke das Handy ein. Wir gehen zurück zu 10 Freddy.

»Komm«, sage ich, »lass uns gehen.«

Freddy klammert sich bei jedem Schritt fester an meine Hand.

Als wir ins Haus gehen, hält sie den Rücken gerade. 15

Die Tür zum Esszimmer ist zu. Die Uhr zeigt 13:56. Um die Zeit sind wir sonst fast fertig mit dem Essen.

Ich versuche ruhig zu atmen. Beiße die Zähne fest zusammen. Freddy greift wieder nach meiner Hand. Hält sich dicht neben mir. Ihre Lippen sind ganzschmal. 20

Wir bleiben vor der Tür stehen. Nichts ist zu hören.

Als ich die Tür öffnen will, wird sie von innen aufgerissen. Mein Vater steht vor uns, rot im Gesicht. Ich schiebe Freddy hinter mich. Da trifft mich sein Schlag. Immer wieder. 25

Der Klang, wenn seine Hand mich trifft!

Mein Kopf fliegt zur Seite, schlägt gegen die Tür. Der Schmerz lässt mich *taumeln*. Tausend Lichter explodieren hinter meinen Augen.

| *taumeln,* hin und her schwanken und fast umfallen

Dann schlägt die Haustür zu. Der Motor heult auf.
Es ist still.
Ich schmecke Blut zwischen meinen Zähnen. Vorsichtig fasse ich an meinen Kopf. Blut klebt an den Fingern.
»Wo ist Mama?« Freddys Stimme ist voller Angst. Sie sieht mich an. Erschrocken schlägt sie die Hand vor den Mund. Und beginnt zu schreien. »Mama, Mama, komm schnell. Matti blutet, Mama, komm, Matti blutet wie verrückt.«

Freddy schiebt mich zum Sofa. Ich lasse mich langsam nach hinten fallen.
Oben geht eine Tür. Eilige Schritte kommen die Treppe herunter.
»Mein Gott!« Meine Mutter kniet sich vor mir hin. »Hol den Verbandskasten, Freddy.«
Ich will ihr sagen, es ist nicht so schlimm, Mama. Bin nur gegen die Tür geknallt. Doch aus meinem Mund kommen nur undeutliche Worte.
»Schon gut, Matti. Und du, Freddy, beeil dich.«

Ganz kurz öffne ich die Augen. Will ihr sagen, es geht schon. Es tut nicht so weh. Für einen Moment sehe ich sie an. Dann schließe ich wieder die Augen.
Einen Moment nur. Einen kleinen Augenblick. Und ich habe genug gesehen: Ihr Auge verschwollen, ihre Lippe dick, Blut im Mundwinkel.

»Gib mir den Verbandskasten, Freddy«, sagt meine Mutter. »Halt mal das Tuch auf seine Stirn.«

Ich öffne wieder die Augen. Sehe ihr misshandeltes Gesicht.

Ich würde sie gern berühren. Ihr mit den Fingerspitzen über die verwundeten Stellen streichen. Sie wegstreichen. Sie verschwinden lassen.

Ich versuche, mich aufzusetzen. Aber es geht nicht. Ich halte ihre Hand fest. Zwinge sie, mich anzusehen. Ein langer stummer Blick.

»Er darf das nicht mehr, Mama!«

Sie streicht sich über das geschwollene Auge. Sie öffnet den Mund, schließt ihn wieder. Sagt kein Wort.

*

Meine Mutter steht am Fenster, als ich am Sonntagmorgen herunterkomme.

»Euer Vater kommt heute erst spät zurück. Lasst uns spazieren gehen, ja?«

Sie dreht sich um und einen Moment sieht sie mich an. Ihre Augen sind müde. In ihrem Gesicht sind immer noch dunkellila Stellen.

Die Wolken kommen rasend schnell. Die ersten Regentropfen fallen auf unsere Köpfe. Nach ein paar Schritten sind wir nass bis auf die Haut.

»Beeilt euch! Los ins Haus!«

Die Tür zum Wohnzimmer ist nicht zu. Haben wir sie offen gelassen?

Das Zimmer ist leer. Auf dem Tisch liegt Freddys Puppe. Die haben wir vergessen wegzuräumen. Schnell nehme ich sie und renne die Treppe hoch.

»Hier ist ein Handtuch, Matti«, sagt meine Mutter.

»Zieh dich um. Nachher setzten wir uns mit heißem Kakao vor dem Fernseher oder spielen etwas.«

Freddy ist auf dem Sofa eingeschlafen. Wir haben *Monopoly* gespielt.

»Immer lässt du deine Schwester gewinnen!« Ich höre an ihrer Stimme, dass sie lächelt.

Als ich aufstehe, merke ich, wie müde ich bin. »Ich pack schnell zusammen. Dann trag ich Freddy hoch.«

»Nein, lass. Ich mach das.« Sie nimmt Freddy in den Arm, und ich halte ihr die Tür auf. Räume weiter auf.

Ein Geräusch an der Haustür, dann höre ich seine Schritte im Flur.

Ich wünschte, meine Mutter käme herunter. Ich wünschte, ich wäre oben. Ich wünschte, ich wäre schon seit Stunden im Bett.

Vielleicht geht er hoch, ohne ins Wohnzimmer zu kommen. Vielleicht hat er so viel getrunken, dass er in seinem Arbeitszimmer schläft.

Ich lege schnell eine Decke zusammen.

Ein letzter Blick. Es sieht aufgeräumt aus.

Seine Schritte wieder. Dann ein wütender Schrei. Er stößt die Tür auf. In der Hand hält er einen *Inliner*. Er sieht mich an. »Wo ist deine Schwester? Der werde ich Ordnung beibringen!«

der Inliner

das Monopoly, beliebtes Brettspiel

Ich werfe mich gegen ihn: »Sie schläft. Lass sie in Ruh, sie schläft!«

Überrascht schüttelt mein Vater mich ab. Dann holt er aus.

Der erste Schlag trifft mich voll ins Gesicht. Den nächsten wehre ich ab. Hebe die Arme, schütze meinen Kopf. Mein Vater packt mich, zieht mich mit festem Griff zu sich.

Die Schläge treffen überall. Ich merke sie nicht, ich höre sie. Ich höre jeden einzelnen Schlag.

Kopf, denke ich. Schulter. Kopf. Wieder Kopf. Dann wieder Schulter.

Ich sehe meine Mutter durch meine Arme. Sie versucht, ihn festzuhalten. Seine Hände wegzuziehen.

Ich höre ihre Stimme. »Hör auf! Hör auf! Du hast es versprochen.«

Er stößt sie zurück. Sie taumelt, versucht auf den Beinen zu bleiben.

Ich will sie schützen. Wenn ich sie nicht schütze, schlägt er uns tot.

Ich richte mich auf, laufe direkt in seine Schläge hinein. Sein Mund ist aufgerissen, seine Augen rot. Er blickt mich überrascht an. In diesem Moment hängt sich meine Mutter an seinen Armen. Mit ihrem ganzen Gewicht. Ihr Mund ist zusammengepresst. Ihre Stimme leise.

»Es ist genug! Ich habe dir gesagt, dass es aufhören muss. Er ist doch noch ein Kind. Ich hab dir gesagt, es muss aufhören!«

Er dreht sich nicht zu ihr um. Schüttelt nur die Arme meiner Mutter ab.

Ich schaue ihn an. Halte ihm stand.

Auf einmal beginnt er laut zu lachen. Er *mustert* mich von oben bis unten. »Was für eine *Niete*!« Dann geht er hinaus.

Meine Mutter steht mir gegenüber. Ihr Gesicht ist voller Tränen.

»Matti«, sagt sie nach einer Weile. »Matti, sag was!«

Ein Gefühl von Hass breitet sich in mir aus. Ich schaue sie an. Ihr verprügeltes Gesicht. Ihre Augen.

Er ist doch noch ein Kind, sagst du. Und du? Was bist du, Mama? Siehst du gar nichts? Sind deine Augen zugeschwollen?

Ich habe im Bett gelegen und mit offenen Augen in die Dunkelheit gestarrt.

Ich hätte gern noch nach Freddy gesehen. Nachgesehen, ob sie schläft. Hätte gern ihr weiches Gesicht berührt. Manchmal schlägt sie die Augen auf. Wenn sie mich sieht, hält sie mich lange fest an sich gedrückt.

*

Als ich am nächsten Morgen aufstehe, schmerzt mein Körper. Ich stelle mich vor den Spiegel und betrachte mein Gesicht. Ziehe das Pflaster ab. Wenn ich die Haare darüberkämme, sieht man nicht viel. Auf den Schultern, auf den Rippen sind dunkle Flecken und rote Abdrücke. Aber das alles verdeckt mein Hemd. Ein Schlag mit der flachen Hand ins

mustern, genau ansehen
die Niete, hier: jemand der zu nichts taugt

Gesicht ist schlimmer. Da zeichnen sich die Finger ab. Die kann man nicht verstecken.
Ich denke an meine Mutter. Ich sehe Freddy vor mir, die auf dem Sofa schläft. Berry auf der Bank vor zwei Jahren, als er sagt: »Mein Vater ist tot.« 5

*

Ich fahre mit dem Rad zur Schule. Wenn ich schnell fahre, springt die Kette raus, dann komme ich zu spät. Ich hätte gern ein Rennrad. Meine Mutter sagt manchmal: »Schauen wir mal, es gibt auch dieses Jahr Weihnachten«. Dann lächelt sie. 10
Heute habe ich in der ersten Stunde Sport. Ich hasse Sport. Nur Fahrradfahren, das mag ich. Und vielleicht Fußball. Aber dazu gebraucht man eine Mannschaft.
Ich fahre mitten durch die Stadt. Werde bei Berry 15 vorbeifahren. Er ist von zu Hause abgehauen, als er fünfzehn war. »Die Schule hätte ich nie geschafft«, sagt Berry. »Zu viele *Spießer*. Zu viele Lügner.«

Er schläft sicher noch in der *Bruchbude*, in der er wohnt. Mit vier anderen Punks. Und mindestens 20 genauso vielen Hunden.
Eine Zeit lang stehe ich mit dem Rad vor seiner Bude. Im Haus rührt sich nichts.
»Was gibt's denn so früh?«
Ich habe nicht bemerkt, dass er herausgekommen 25 ist. Er lächelt sein schiefes Lächeln. »Schule oder Kaf-

der Spießer, sehr konventioneller Mensch
die Bruchbude, hier: altes und verfallenes Haus

fee, Mann? Hier stehen bleiben wollen wir nicht.«

Berry öffnet die Haustür, schiebt drei Hunde zur Seite und geht in die Küche. Die Katze Lotti liegt zusammengerollt auf der Fensterbank und schläft. Er kommt mit zwei Dosen Cola an den Küchentisch.

»Setz dich, Mann.« Er sieht auf. Sieht mir ins Gesicht. Steht auf, streicht mir die Haare aus der Stirn. Legt die Wunde frei.

Eine Zeit lang schweigen wir beide.

Schließlich fragt Berry: »Nur dich? Oder auch Freddy?« Ich schüttele den Kopf.

Berry nickt. Atmet tief ein.

»Ich glaube, ich will ihn umbringen!«, sage ich.

Langsam hebt Berry seine Faust und lässt sie mit lautem Krachen auf den Tisch fallen. »*Fuck*!«

Ich trinke einen Schluck Cola. Versuche zu beschreiben, versuche Worte zu finden. Für den Hass, der gestern in mir hochstieg.

Anfangs finde ich kaum Worte. Was ich sage, klingt falsch. Klingt, als sei ich ein kleines Kind, das über den Papa schimpft.

Berry unterbricht mich nicht. Hört mir zu. Ab und zu nickt er. Irgendwann steht er auf, legt mir kurz eine Hand auf die Schulter. Er streift mein T-Shirt hoch, wirft einen Blick auf die dunklen Stellen.

Ich merke, wie die Bilder in meinem Kopf zu Worten werden. Ich höre mich selber reden, als sei ich nicht im Raum. Als erzählte jemand eine Geschichte.

*

Fuck, Ausdruck großer Wut

Ich erzähle ihm von dem Tag, als meine Schwester geboren wurde. Als ich sechs Jahre alt war.

Ich wusste, dass ich ein Geschwisterchen bekam. Ich wusste, dass meine Mutter schwanger war. Ich hatte ihren Bauch wachsen sehen. Als sie mich eines Abends ins Bett brachte, flüsterte sie: »Deine kleine Schwester wird bald zur Welt kommen. Sie freut sich auf dich.«

Ich hielt die Hand auf ihrem Bauch, bis ich einschlief.

Den Namen suchte ich aus. Frederieke war ein kleines Pferd aus meinem Bilderbuch. Meine Mutter lachte. »Das ist ein guter Name.« Das haben wir meinem Vater nie erzählt. Vater hatte Jungennamen. Mädchennamen durfte meine Mutter aussuchen.

Einige Tage später hatten wir Besuch. Mein Vater hatte viel getrunken. Ich hörte, wie er laut sagte: »Es wird ein Junge. Ein Kerl. Kein Weichei, das immer weint.« Und er lachte und die anderen Männer schlugen ihm auf die Schulter und lachten mit.

Die *Hebamme* kam am Nachmittag. Ich hörte meine Mutter im Schlafzimmer. Manchmal schrie sie. Ich stand vor der Tür, wollte zu ihr.

Irgendwann kam die Hebamme die Treppe herunter mit ihrem Handy. Sie sagte, der Krankenwagen solle schnell kommen. Als sie mich sah, lächelte sie. »Dein Geschwisterchen wird bald da sein. Aber wir fahren ins Krankenhaus. Nur zur Sicherheit. Du musst dir keine Sorgen machen.«

die Hebamme, Person, die bei der Geburt eines Kindes hilft

Mein Vater und der Krankenwagen kamen gleichzeitig an. Mein Vater brüllte schon, bevor er ins Haus kam. Aber die *Sanitäter* schoben ihn zur Seite.

Dann ging alles sehr schnell. Die Hebamme sagte noch zu meinem Vater: »Vielleicht kommen Sie besser mit dem Wagen nach. Und kümmern Sie sich um Ihren Sohn.«

Mein Vater stand im Flur. Er sah mich an. »Was stehst du da? Warum hast du deine Schuhe noch nicht an?« Mit einer heftigen Bewegung schüttelte er mich hin und her. Ich wollte ihm sagen, lass mich los, bitte, mein Arm tut weh. Bitte nicht schütteln, mein Nacken tut so weh. Aber die Worte konnten nicht raus, so schnell flog der Kopf hin und her.

»Eine Sekunde hast du, sonst *sperr* ich dich oben *ein*!«

Gummistiefel, dachte ich. Ich nehm die Gummistiefel. Ich suchte zwischen den Reihen von Schuhen. Ein paar fielen herunter. Sein Tritt traf mich so unerwartet, dass ich mit dem Kopf gegen die Wand knallte.

»Heul nicht!«, brüllte mein Vater. »Heul nicht!« Er riss mich hoch und packte mich. Oben schob er mich in mein Zimmer, knallte die Tür hinter sich zu und schloss ab. Ich hörte seine Schritte die Treppe hinunter. Die Haustür. Den Wagen, der davonfuhr.

*

Berry dreht sich eine Zigarette. Stopft mit einem

der Sanitäter, medizinischer Helfer
einsperren, in einem Raum einschließen

Bleistift den Tabak in das Papier. Sucht nach einem Feuerzeug.

Er raucht und bleibt einen Augenblick am Fenster stehen. Hebt Lotti vorsichtig hoch und streichelt sie. Dann kommt er zurück zum Tisch.

Eine Zeit lang sitzen wir uns gegenüber, sehen uns nicht an.

»Wie läuft's in der Schule?«

Die Frage kommt unerwartet.

Die Schule. Ich gehe hin. Mache meine Aufgaben. Die anderen treffen sich nachmittags oder am Wochenende. Ich gehe in der Pause meistens zum Sportplatz. Ich setz mich da hin und warte, bis es zur nächsten Stunde klingelt.

Im Winter verstecke ich mich auf der Toilette, lese oder mache schnell noch Aufgaben. Ich lerne genug, schreibe keine schlechten Noten.

»Die anderen in der Klasse«, fragt Berry, »die müssen doch was mitkriegen.«

Beim Sport lasse ich immer das T-Shirt an. Die Trainingshose ziehe ich im Klo an. Auch im Sommer trage ich die lange Sporthose. Laufe in dem dicken Stoff meine Runden. Egal, wie heiß es draußen ist. Nach der Sportstunde warte ich oft, bis der Umkleideraum leer ist. Wenn das nicht klappt, ziehe ich mir meinen Pullover über das verschwitzte T-Shirt. Vor der nächsten Stunde gehe ich auf die Toilette, wasche mich und ziehe mich um.

»Hat dich noch nie einer gefragt?« Berry sieht mich an.

Mir wird warm unter seinem Blick.

Ich sehe sie vor mir, die anderen. Sie lassen mich meistens in Ruhe. Ich schreibe keine schlechten Noten. Ich schreibe keine guten Noten. Ich melde mich nie freiwillig. Wenn ich etwas gefragt werde, habe ich immer irgendeine Antwort.

»Was sollen sie fragen?«, antworte ich.

*

Auf meinem Weg nach Hause fährt der Schulbus an mir vorbei. Ich sehe Freddys Gesicht. Sie winkt mir eifrig zu. Ich hebe kurz die Hand. Dann trete ich in die Pedale. Ich überlege, ob ich schon mal einen ganzen Tag *blau gemacht* habe. Meistens waren es nur ein paar Stunden.

Ich stelle das Rad an die Garagenwand. Weiß nicht, ob mein Vater da ist. Er versucht immer, mittags um eins da zu sein. Dann können wir alle zusammen essen. Jeden Tag ist der Tisch für vier gedeckt. Wenn mein Vater bis zwei nicht da ist, dann hat er in der Stadt schon zu Mittag gegessen.

Ich werfe einen Blick auf meine Uhr. Viertel vor eins.

Montags hat Freddy den längsten Schultag. In der letzten Stunde hat sie Musikunterricht. Wenn mein Vater es schafft, holt er sie ab. Wartet vor der Schule im Wagen. Wenn er nicht dort steht, muss Freddy meistens rennen, um den Schulbus nicht zu *verpassen*.

blau machen, nicht zur Schule oder zur Arbeit gehen
verpassen, zu spät kommen

Freddy liebt die Musikgruppe. Wenn noch Zeit ist vor dem Mittagessen, holt sie ihre Flöte heraus, stellt den Notenständer auf und spielt uns ein Lied vor.

Als ich ins Haus gehe, höre ich schon die ersten Flötentöne. Schnell renne ich die Treppe hoch, 5 schleudere den Rucksack in mein Zimmer.

In der Küche gucke ich in den Ofen. Lasagne. Noch zehn Minuten, dann gibt's Essen.

Da wird die Tür aufgestoßen. Mein Vater stürzt an meiner Mutter vorbei, schiebt sie zur Seite. Er reißt 10 den Notenständer vom Tisch, wirft ihn durch die Küche. Schlägt Freddy mit der flachen Hand ins Gesicht.

»Das nächste Mal, wenn ich dich abhole, wartest du!« Sein Gesicht ist hochrot. Er atmet schwer. »Ich hab dagestanden wie ein Idiot, und das Fräulein 15 Tochter sitzt hier und spielt Flöte.«

»Nein!« Meine Mutter macht einen Schritt zu ihm hin. Sie reißt an seinem Hemd, packt seine Hand. Er versucht sie abzuschütteln.

»Hör auf!«, schreit sie. 20

Mein Vater lässt seinen Arm sinken. Sieht auf seine Hand, dann auf Freddy. Dreht sich um, stürzt aus der Küche und knallt die Tür hinter sich zu.

Freddy sitzt am Tisch und starrt auf ihr Notenblatt.

Meine Mutter weint. Die Tränen laufen ihr übers 25 Gesicht. Sie hockt sich vor Freddy hin, legt beide Arme um sie. Mit großen Augen sieht Freddy zu uns hoch. »Er war nicht da. Ich hab wirklich geguckt.«

Die Lasagne ist verbrannt. Freddy sitzt immer noch auf ihrem Stuhl. Meine Mutter ihr gegenüber. 30

»Der Musiklehrer hat nicht länger gemacht heute.«

Freddys Stimme ist ruhig. Ihre Lippen fast so blass wie ihre Haut. »Ich hab auf Vater gewartet. Da, wo ich immer warte. Ich hätte fast den blöden Bus verpasst.«
Ich würde sie gern in den Arm nehmen. Ihr sagen, es wird alles gut.

Meine Mutter steht auf. Sie streicht Freddy übers Haar. »Genug! Jetzt reicht's!«
»Was meinst du, Mama?« Ihre Worte sind ganz leise.
»Er ist zu weit gegangen! Und das werde ich ihm sagen.«
»Du sagst doch nie etwas!«, sage ich.
Langsam dreht sie sich zu mir herum. »Doch, Matti. Er ist zu weit gegangen.«
Sie nimmt die Form mit der Lasagne aus dem Ofen. Stellt sie ins Waschbecken. Lässt Wasser darauf laufen. Dann nimmt sie die Form wieder hoch und schmeißt das Ganze in den Abfalleimer.
Sie zieht die Schürze aus. Setzt sich zu Freddy. Holt tief Luft.
»Ich habe gesagt, dass ich mit euch weggehe, wenn so was noch einmal passiert.«
»Wie viele Male hast du es ihm gesagt, Mama? Wollten wir nicht schon längst weg sein? Schon bevor Freddy auf der Welt war?«
»Er hat mir jedes Mal versprochen, dass so was nie wieder passiert. Er wollte dir so gern sagen, dass es ihm leid tut. Ich habe ihm immer geglaubt, Matti. Dass er sich ändert. Dass er uns braucht. Dass wir eine Familie sind. Dass er uns liebt.«
Sie atmet tief.
»Ich habe mit Christian gesprochen. Vielleicht ge-

hen wir alle drei für eine Zeit lang zu ihm. Was meint ihr? Es sind bald Ferien.«

Ich sehe sie an. Schweige.

Freddy lehnt ihren Kopf an meine Schulter.

»Was hast du mit Christian besprochen?«, frage ich. »Hauen wir heimlich ab?«

Freddy fängt an zu weinen.

»Ich weiß noch nicht, was ich tun soll«, sagt meine Mutter. »Hab ja nach der Ausbildung nie als Krankenschwester gearbeitet. Er wollte, dass ich ganz für euch da bin. Wenn ich eine Arbeit finde, was wird dann aus euch? Wie soll ich das schaffen?«

Ich schiebe Freddy von meinem Schoß und stehe auf.

Ich habe Bilder in mir. Da stehe ich vor ihm und versuche nicht zu weinen. Ich sehe sein wütendes Gesicht. Höre die kalte Stimme. Die Schläge seiner Fäuste brennen noch auf meiner Haut.

»Was willst du hören, Mama? Machen wir Ferien bei Christian und danach kommen wir zurück und alles ist gut? Oder ziehen wir zu ihm und schlafen alle drei im Gästezimmer?«

Meine Mutter sieht mich an. »Ich habe niemanden sonst, den ich fragen kann. Ich hab keine Ahnung, was wird.«

Freddy wischt die Tränen aus ihrem Gesicht. » Nächste Woche hab ich noch Musik. Ich muss da vorspielen.«

Meine Mutter nickt. »Natürlich, Freddy. Wenn nur erst Ferien sind. Dann sehen wir weiter.«

*

Mein Vater nimmt sich aus den Schüsseln und beginnt zu essen. Ich schaue aus dem Fenster. Meine Mutter hat nichts mehr gesagt von ihrem Plan.

Noch drei Wochen. Dann sind Ferien. Wir fahren selten weg. Mein Vater ist nicht mehr zu Hause als sonst. Er kann sich selten mehrere Tage freinehmen.

Freddy und ich sind in den Ferien fast jeden Tag oben in der Scheune. Wenn es regnet, gehen wir hinein. Wenn es zu heiß wird, gehen wir an den Bach. Manchmal fahren wir mit dem Rad ins Schwimmbad. Wenn die Schule wieder anfängt, erzählen die anderen von Spanien, von Griechenland, von Italien, von Seen und Bergen und vom Mittelmeer. Freddy und ich haben unser Ferienhaus oben auf der Wiese.

Mein Vater legt einen bunten Prospekt auf den Tisch. Sein Teller ist leer.

»Möchtest du noch etwas? Sonst räum ich schnell ab.«

Er antwortet nicht, schiebt nur den Prospekt näher zu mir.

Ich werfe einen Blick darauf. Das Sommerfest in der Stadt. Übers Wochenende. Das Programm ist genau beschrieben. Musikgruppen werden spielen. Es wird ein Radrennen geben. Auch Ponyreiten und das traditionelle Fußballspiel der Stadt*prominenz*. Der Bürgermeister ist ganz oben als Spieler aufgeführt.

Fragend schaue ich meinen Vater an. »Klingt gut. Gehen wir dahin?«

die Prominenz, hier: stadtbekannte Persönlichkeiten

»Nicht wir. Du. Das Radrennen am Samstag. Da sollst du mitfahren.«

Ich lese schnell, was da steht. Erschrocken sage ich: »Aber das sind fast alles Vereinsfahrer. Ich bin noch nie ein Rennen gefahren. Und man muss sich doch lange vorher anmelden, oder nicht? Und mit meinem Fahrrad! Das ist doch kein Rennrad!«

»Die Strecke ist kurz. Da muss man nicht groß trainieren.«

Er fährt sich durch die Haare. »Ach, ja. Und dein Rad.«

Nach einer Pause setzt er fort. »Ich habe mit deiner Mutter geredet. Sie sagt, du wünschst dir ein Rennrad. Ich denke, das ist in Ordnung.«

Er steht auf und geht um den Tisch herum. Seine Hand liegt kurz auf meiner Schulter. »Ich muss sowieso oben auf der *Tribune* stehen. Gespräche mit Kunden.«

Ich merke, wie mir der Mund offen steht. Ein Rennrad! Das wünsche ich mir schon lange. Ich hab noch nie ein gutes Rad gehabt.

Ich schaue zu ihm hoch.

»Ist nicht das neueste Modell oder so«, sagt er.»Aber die Geschäfte laufen gut im Moment. Und wenn du dir ein Rad wünschst, dann muss man ja nicht bis Weihnachten warten.«

Er lacht auf, kurz und trocken. »Ist nicht immer so gut gelaufen in den letzten Jahren.« Seine Stimme ist leise. »Ist viel schiefgegangen.«

Er zieht einen Stuhl neben meinen. Setzt sich.

die Tribune, erhöhte Fläche für Veranstaltungen unter freiem Himmel

»Wie gesagt. Ist ja nicht das neueste Modell. Aber wenn du willst, holen wir es Freitag.«

Er öffnet den Mund. Schließt ihn wieder, ohne was zu sagen. Steht auf.

5 »Ich muss los. Das Geschäft. Überleg es dir. Wenn du willst, holen wir es zusammen ab. Dann fahren wir mal eine Runde. Mal sehen, ob das Ding sein Geld wert ist.«

*

Mein Vater trommelt mit den Fingern auf den Tisch.
10 Er wirft einen Blick auf seine Armbanduhr. Ich esse den letzten Löffel Müsli.

Meine Mutter steht auf. »Es ist bald Zeit zu fahren.«

Mein Vater atmet tief ein. Er hebt langsam den Kopf, sieht meine Mutter an. »Soll ich jetzt aufsprin-
15 gen, weil es dir nicht schnell genug geht?«

Dann blickt er mich fragend an. »Aber du wirst schnell sein, Junge, nicht wahr?«

»Klar, schnell wie der Wind!«, antworte ich.

»Da hörst du es.« Mein Vater nickt zufrieden. »Ge-
20 winnen wollen ist alles!«

Er *klatscht* in die Hände. »Auf, auf. Wir haben einen langen Tag vor uns. Ich hol jetzt den Wagen.«

Mit langen Schritten verlässt er den Raum.

Die Probefahrt mit dem Rad. Mein Vater stand an
25 der Seite. »Jetzt zeig mal, was so ein Rennrad bringt.«

klatschen, die Innenflächen der Hände gegeneinander schlagen, so dass man es laut hört

Ich rutschte aus den Pedalen, hielt immer wieder an. Der schmale *Sattel*, die dünnen Reifen. Alles war anders. Als ich eine kurze Strecke schaffte, nickte mein Vater zufrieden. »Na, das sieht doch gut aus.«

Auf dem Weg zur Garage erzählte er mir von seinem alten Rad. »Ich hab mir lange ein neues gewünscht. Aber wenn ich meinem Vater gesagt hätte, das alte Rad gefällt mir nicht, dann hätte er gesagt: »Dann geh zu Fuß, mein Sohn.«

Ich stellte das Rennrad an der Garagenwand ab. »Es ist ein Superrad. Wirklich.«

Er brummte etwas.

»Ich werde versuchen, ins Ziel zu kommen, okay, Papa?«

Er sah mich an. »Versuchen, ins Ziel zu kommen? Mit dem Rad? Junge, das ist ein Siegerrad. Damit wirst du unter die ersten fünf kommen. Darauf hab ich schon längst *gewettet*.« Er klopfte mir hart auf die Schulter. »Gewinnen wollen, Junge. Das ist das Wichtigste. Du bist mein Sohn. Du willst gewinnen!«

Ich nickte schweigend. Siegerrad!

Ich erzählte ihm nicht, dass ich keine Ahnung hatte, in welchem *Gang* ich gerade gefahren war.

Meine Mutter nimmt die Marmelade und stellt die Teller zusammen. »Kommt, ihr zwei. Helft mir beim Abräumen.«

Ich sehe ihre müden Augen, das blasse Gesicht.

der Sattel, siehe Zeichnung Seite 44
wetten, z. B. Geld aufs Spiel setzen, wenn man sich einer Sache ganz sicher ist
der Gang, Mechanismus, der Kraft auf die Räder überträgt

Ich hoffe, dass sie jetzt nicht sagt, dabei sein ist alles oder so was. Aber sie lacht nur leise. »Wie kann man bloß mit einem Rad fahren, dass eine Million Gänge hat? Mit so schmalen Reifen? Mach dir keinen Druck, Matti. Das Rad, das hast du. Auch wenn du als letzter durchs Ziel fährst. Freu dich einfach. Es ist seine Art zu sagen, wie leid es ihm tut.«

Ich sehe sie an. Wollten wir nicht schon längst weg sein, Mama? Aber ich sage nichts.

Sie streicht mit ihrer warmen Hand über meine Wange. »Dein Vater sagt, es ist das gleiche Rad, das der Junge vom Bürgermeister hat. Nur eine andere Farbe. Er ist so froh, dass du das Rad hast. Er war lange nicht mehr so froh über etwas.«

Sie sucht meinen Blick. Ihr Lächeln ist weg. »Wenn wieder was vorkommt, werde ich ihn verlassen. Das weiß er genau.«

*

Sie sitzen vor dem Rathaus. Lehrer, Schüler, die ich vom Sehen kenne. Mein Vater, seine Freunde. Eine kleine Tribune ist aufgebaut. Im Vorbeifahren habe ich Musik gehört. Entlang der Strecke stehen auch Leute. Sie schreien Namen und brüllen: »Du schaffst es. Los, los!«

Mein Vater blickt auf, als ich vorbeifahre. Er hebt eine Hand. Meine Mutter winkt.

Ich merke, wie viel schneller die meisten anderen Fahrer sind. Als ich aus der Stadt fahre, sind noch zwei, drei Räder neben mir. Hinter mir ist keines mehr.

Viele Fahrer habe ich längst aus den Augen verloren. Aber ich habe mindestens zehn Räder überholt. Wenn ich das Tempo halte, werde ich nicht unter den Letzten sein. Ich weiß nicht, ob ich im richtigen Gang fahre. Werfe einen Blick hinter mich. Einige Räder halten sich immer noch hinter mir. Andere sind nicht mehr zu sehen.

Es ist heiß heute. Die Sonne brennt.

Gleich geht es wieder bergauf. Ich trete hart in die Pedale. Noch eine Viertelstunde, höchstens. Dann bin ich im Ziel.

Wenn ich nicht vorher umdrehe und nach Hause fahre.

Oder in die Scheune. Oder zu Berry.

»Siegerrad«, hat mein Vater gesagt!

Schon von weitem sehe ich die vielen Menschen vor der Tribune. Drei Fahrer stehen schon bei den Sieger*podesten*.

Da ist Freddy. Sie will mir entgegenlaufen. Mein Vater zieht sie am Arm zurück. Er schaut nicht zu mir her, als ich einfahre.

Ich fahre so schnell ich kann. Die letzten Meter. Nicht fallen, ist das Einzige, was ich denke. Dann bin ich da!

Mein Vater, Freddy und meine Mutter sind nicht mehr zu sehen. Ich rutsche vom Rad. Lasse es am Straßenrand fallen.

»Cooles Rad!« Berry lässt sich neben mir nieder. »Bier?« Er hält mir eine Dose hin. Das Bier ist lauwarm, schmeckt bitter.

das Podest, siehe Zeichnung Seite 44

»Hab dich gesehen. Freddy auch und deine Alten. Machst du als Nächstes die Tour de France?«

Ich muss lachen. Jeder Knochen tut mir weh. Eine Zeit lang sitzen wir schweigend am Straßenrand, dann steht Berry auf und sagt: »Warte hier.« Nach ein paar Minuten kommt er zurück, eine große Flasche Wasser in der Hand. Er bleibt vor mir stehen, grinst, schüttelt sie kräftig und spritzt das kalte Wasser über mich, über meinen Kopf.

»Der Wievielte bist du geworden?«

»Keine Ahnung. Nicht Letzter, vielleicht irgendwo in der Mitte?«

Berry hebt das Rad von der Straße. »Komm, Matti.« Wortlos marschiert er los, Richtung Festplatz.

Die Musik ist laut. Überall lachen und reden die Leute. Es duftet nach Pommes, Bratwurst und Bier.

Ich sehe meinen Vater im weißen Hemd und dunkler Jacke. Er steht noch immer vor der Tribune, einige Männer um ihn herum. Freddy und meine Mutter ein paar Schritte weiter weg.

»Komm mit«, sage ich zu Berry. »Freddy ist auch da. Und meine Mutter.«

Er nickt. Wir kommen nur schwer durch die Menge.

Plötzlich steht mein Vater vor mir. »Wo willst du hin? Zur Tribune? Da werden die Sieger geehrt. Nur die Sieger!«

Er riecht nach Bier. Sein Gesicht ist rot. Ich blicke über die Köpfe hinweg, suche meine Mutter. Ich wünschte, ich hätte das Rad bei mir. Dann könnte ich es ihm über den Kopf hauen. »Siehst du, Mama«, würde ich zu meiner Mutter sagen, »das ist meine Art ihm zu sagen, es ist zu spät!«

»Wo ist das verdammte Fahrrad?«, ruft er.

Ich merke, wie mir heiß wird. Meine Fäuste ballen sich zusammen. Ich sehe nur sein rotes Gesicht, das böse Lachen um seinen Mund. 5

In dem Moment, als ich ihm ins Gesicht schlagen will, tritt Berry neben mich. Er legt eine Hand auf meine Schulter. Gleichzeitig schiebt meine Mutter sich an meinem Vater vorbei. Sie wirft ihm einen kurzen Blick zu. Ich sehe, wie blass sie ist. »Vielleicht wäre es besser, wenn du heute in der Stadt bleibst«, sagt sie. 10

Dann schaut sie Berry an und lächelt. »Sie sind Berry.« Sie streckt die Hand aus. »Mein Sohn erzählt mir ja nichts, aber Freddy redet stundenlang von ihrem Freund Berry.« 15

Mein Vater greift nach meiner Mutter. Seine Augen sind schmal, sein Mund hässlich.

Mit einer schnellen Bewegung packt Berry ihn am Arm. »Lass sie los!« 20

Mein Vater lacht kalt. Er mustert Berry. Lacht noch einmal auf.

Wir stehen uns gegenüber und starren uns alle an.

Dann tritt ein Mann zu uns. Er stellt sich neben meinen Vater. Ich habe ihn gleich erkannt. Der beste Kunde meines Vaters. Der Immobilienkönig der Kleinstadt. 25

»Mein Vater ist tot«, hatte Berry gesagt.

Vor uns steht er. Berrys Vater. 30

*

Wir gehen durch die Stadt. Reden nicht. Berry schiebt das Rad. An einem Kiosk machen wir Halt, kaufen Cola und für Berry Bier und Zigaretten. Er steckt sich gleich eine an.

*

Meine Mutter hatte mir fünfzig Euro in die Hand gedrückt. »Geht einfach und macht was Schönes, Kino, Burger essen. Irgendetwas, wozu ihr Lust habt. Matti, du kannst wegbleiben, so lange du willst.«

»Und was machst du jetzt?«, fragte ich sie. Sie schüttelte den Kopf. »Mach dir keine Gedanken. Ich krieg das schon hin.«

Ich sah noch mal zu Freddy hinüber. Sie stand weiter weg, das Gesicht ernst.

*

Ich frage nicht, wo wir hingehen. Ich gehe einfach neben Berry. Wir reden nicht viel. Haben wir nie getan.

»Mein Vater ist tot«, hatte Berry gesagt. Und ich hatte es schon damals verstanden. Es gibt Tote, über die redet man nicht.

Am Krankenhaus biegt Berry ab. Wir gehen durch den kleinen Park. Berry stellt das Rad ab und setzt sich auf eine Bank.

Einen Moment lang sehe ich ihn an. Ich erinnere mich, wie ich seine Tattoos angestarrt habe das erste Mal.

»Berry?«

»Hm.«

»Ich hätte auch gern ein Tattoo.«

Er schaut mich an. Sein Grinsen wird breiter. »Was immer du willst. Ich mach es dir.«

»Weißt du noch, wie wir hier das erste Mal gesessen haben?« Berrys Stimme ist jetzt leise, monoton.

Er erzählt von jemandem, den ich nicht kenne. Von einem Jungen. Von einem Raum, in dem man nichts hört außer dem Klatschen eines *Gürtels*. Ein Gürtel, der blind einschlägt. Auf den Rücken. Auf die Schultern, auf den Bauch, auf die Beine.

Der Vater ist stark. Der Junge versucht, sich zu wehren. Der Vater drückt nur seine Arme herunter. Schlägt weiter.

der Gürtel

Manchmal muss der Junge die Hose herunterziehen. Muss sich halb nackt über die Knie des Vaters legen. Die Mutter steht dabei und jammert. Der Junge will, dass sie rausgeht. Er will nicht, dass sie sieht, wie er weint.

»Und irgendwann bist du abgehauen?«

»Ich hab zurückgeschlagen. Heftig.«

Er sieht mich an. »Meine Mutter hat geheult. Mein Vater hat sich das Blut abgewischt und gesagt: ›Raus. Lass dich hier nie wieder blicken‹.«

Berry steht auf. »Gehen wir?« Er nimmt das Rad. Wir gehen langsam nebeneinander, bis wir vor dem alten Haus von Berry und den Punks stehen. Wir setzen uns zu den anderen auf den Rasen, die Hunde legen sich dazu.

Als es dunkel wird, holt Berry seine Gitarre, singt ein paar Lieder. Die anderen singen leise mit. Dann spielt er ein Lied, das ich nicht kenne. Es klingt schön. Schön, aber traurig.

»Was ist das?«

»Ist noch nicht fertig«, sagt Berry. »Heißt ›Kinderblut‹. Wirst du noch hören, ist nur noch nicht fertig.«

Es ist fast zehn, als ich vom Rasen aufstehe.
»Ich bringe dich noch ein Stück«, sagt Berry.
Auf der Brücke bleiben wir stehen. »Ich geh zurück, Mann, okay? Du hast meine Nummer?«
Ich nicke. 5
»Hey, dein Rad.«
»Nimm du es!«
Berry sieht mich an. Er grinst.
»Matti?«
»Hm.« 10
»Wenn du ein *Monster* siehst, schau ihm in die Augen.«

*

Im Haus ist es dunkel. Kein Laut ist zu hören. Ich mache das Licht nicht an. Gehe vorsichtig auf die 15 Treppe zu. Kein Geräusch.
Die Tür knarrt, als er sie langsam öffnet.
Ich bleibe stehen.

Mein Vater tritt in den Flur. Seine Hand wandert über die Wand, bis sie den Lichtschalter findet. Ich 20 schließe kurz die Augen, als es hell wird.
Sein Gesicht ist rot. Die Augen glänzen. Seine Stimme ist leise. »So spät?«
Er kommt auf mich zu und bleibt vor mir stehen. »Warst wohl feiern. Deinen siebzehnten Platz. Oder 25 war es der zwanzigste?«
Er lacht kurz und hart.
Ich lausche nach oben. Immer noch kein Geräusch von dort.

das Monster, Unmensch

»War eben ein Scheißrad. Darum hab ich es auch verschenkt. An meinen Freund Berry. Du kennst ihn doch, oder?«

Er atmet heftig. Mit einem Schritt kommt er ganz nah. Ich will rennen. Oben müssen Freddy und meine Mutter sein.

Aber ich bleibe stehen. Schau dem Monster in die Augen, hat Berry gesagt.

Ich hole tief Luft. Mache kurz die Augen zu. Dann blicke ich ihm ins Gesicht.

Er trifft mich mit der flachen Hand. Es klatscht.

»Nein!«. Meine Stimme klingt wie die eines Kindes.

Der nächste Schlag kommt überraschend schnell. Mein Kopf fliegt zur Seite. Etwas Feuchtes läuft über meine Wangen. Ich weiß nicht, ob es Tränen sind oder Blut. Es ist mit egal. Es tut nicht weh, denke ich.

Ich *spucke* ihm ins Gesicht.

Er bleibt erstarrt stehen.

»Verpiss dich!« Ich zittere, als ich es sage. Alles ist mir egal.

»Was hast du gesagt?«

»Wenn du Freddy oder Mama oder mich noch ein Mal anrührst, dann passiert was.« Ich hab keine Angst. Mir ist eiskalt, aber ich habe keine Angst.

»Wir hauen sowieso ab. Weg von dir.«

Ich sehe, wie sein Gesicht sich verändert. Seine Augen verschwinden fast.

Er schreit auf, packt mich und schleudert mich gegen die Wand.

spucken, Ausdruck von Verachtung, wenn man jemanden mit Speichelflüssigkeit aus dem Mund trifft

*

Wie oft schon habe ich gewusst, was kommen wird. Nur manchmal habe ich versucht, die Schläge abzuwehren. Dann wurde er so wütend, dass er blind zuschlug. Dann hatte ich die Spuren am nächsten Tag überall auf dem Körper. 5

Manchmal konnte ich nicht weinen. Egal, wie hart er schlug. Egal, womit er schlug. Dann kam ich kaum die Treppe hoch, weil jede Berührung meiner Hose auf der Haut mir die Tränen in die Augen trieb.

*

Als er wieder ausholt, nehme ich die Arme vors 10 Gesicht. Ich wehre den Schlag ab, laufe an ihm vorbei ins Wohnzimmer. Schlage schnell die Tür zu und versuche den Schlüssel zu drehen. Er wirft sich dagegen.

Ich kann die Tür nicht halten. »Dann komm doch. 15 Ich mach dich fertig. Ich mach dich fertig, und wenn du mich umbringst!« Jetzt schreie ich.

Er senkt den Kopf und kommt auf mich zu. Ich will gleich zurückschlagen. Da merke ich einen festen Griff um meinen Hals. 20

Noch nie hat er mich am Hals gepackt.

Er zieht mich durch das Zimmer, presst mich an die Wand. Seine Hand immer noch fest um meinen Hals.

Ich höre, wie oben eine Tür geht. Will schreien: »Bleibt oben!« Doch aus meinem Mund kommen 25 nur jammernde Laute.

Er schüttelt mich hin und her. Ich bekomme keine Luft. Seine Hand greift immer fester um meinen Hals. Die Schläge treffen mich auf den Armen, auf den Schultern, am Kopf, im Gesicht.

»Hör auf!«

Meine Mutter steht in der Tür. In der Hand hält sie ein Brotmesser. Mit unbewegtem Gesicht steht sie da. Die Lippen fest zusammengepresst. Sie hält das Brotmesser auf den Bauch meines Vaters.

Dann fällt ihr Blick auf mich. Ich sehe, wie ihr Mund sich öffnet. Sie starrt mich an. Ich würde gern sagen: »Geh weg!« Doch aus meinem Mund kommen wieder nur unverständliche Worte.

Das Messer rutscht ihr aus den Fingern, fällt herunter. Sie bemerkt es nicht. Dann kommt ihr Schrei. Ein hoher, klagender Schrei.

»Halt das Maul!« Mit dem Fuß schiebt mein Vater das Messer zur Seite.

Dann holt er aus. Seine Faust trifft sie hart und schnell.

Mitten ins Gesicht.

Ihr Klagen hört plötzlich auf. Ihre Augen drehen sich kurz nach oben.

Sie sinkt zu Boden.

»Mama!«

Wie lange steht Freddy schon in der Tür? Was hat sie gesehen? Ich weiß es nicht. Ich liege an der Wand, weinend, voller Blut. Mein Vater steht da, bewegungslos, mit weißem Gesicht und blickt herunter auf meine Mutter.

»Mama!« Freddy hockt sich neben meine Mutter. Dann sieht sie zu mir herüber. »Sag ihm, es soll weggehen!«

Jetzt kommen die Worte deutlich aus meinem Mund. »Geh nach oben in mein Zimmer, Freddy. In meine Jeans. Das Handy. Hol es.« 5

Ich höre sie hochrennen. Einen Augenblick später steht sie vor mir und gibt mir das Handy. Ich wähle Berrys Nummer. Der *Akku* ist fast leer. Dreimal ertönt das Klingelzeichen, da geht das Handy aus. 10

»Was ist mit Mama?«

»Hol die Decke, Freddy.« Es flimmert vor meinen Augen. Ich muss mich an der Wand festhalten.

Alles ist tot in mir. Ein leerer, kalter Raum. Meine Beine geben nach. 15

Ich höre, wie Freddy weint. »Geh zum Telefon, ruf Eins, Eins, Null. Sag, sie sollen schnell kommen.«

Als es an der Haustür klingelt, versuche ich, auf die Füße zu kommen.

»Mach auf!« 20

Freddy rennt zur Haustür. Berry!

Er wirft nur einen kurzen Blick auf mich, auf meine Mutter. Stellt er sich vor meinen Vater, der immer noch stumm mitten im Raum steht. »Du rührst dich nicht!«, sagt er. »In einer Minute sind die Bullen hier!« 25

»Meine Mutter muss schnell zum Arzt, Berry«, sage ich. »Kannst du das machen? Sie ins Krankenhaus bringen?«

der Akku, Batterie

Berry dreht vorsichtig das Gesicht meiner Mutter zur Seite, fasst unter ihren Kopf. Greift mit der anderen Hand unter ihre Schulter. Er sieht mich an. »Schaffst du es selber bis zum Wagen?«

Ich nicke.

»Freddymaus, euer Wagen steht vor der Tür. Wo sind die Schlüssel?«

Mit meiner Mutter auf den Armen, schiebt Berry sich durch den Flur.

»Mach die Tür zu, sobald wir draußen sind. Und dann schließt du das Auto auf, okay, Freddymaus?«

Obwohl jeder Schritt schmerzt, bin ich gleichzeitig mit Freddy am Wagen.

»Steig du zuerst ein. Versuch den Kopf deiner Mutter ruhig zu halten, okay?«

Berry blickt immer wieder die Straße hinunter.

»Kannst du überhaupt fahren, Berry?«, frage ich.

»Steigt ein oder wartet auf den Krankenwagen!«

Freddy antwortet gar nicht, klettert sofort hinten hinein. Berry setzt meine Mutter neben Freddy auf den Rücksitz, legt ihren Kopf gegen die Nackenstütze und schnallt sie an. Ich lasse mich auf den Beifahrersitz fallen.

Berry ist blass. Der Motor springt an, heult auf. Dann fährt der Wagen die Straße hinunter Richtung Krankenhaus.

Als wir im Krankenhaus ankommen, läuft uns ein Pfleger entgegen. Er will wissen, was passiert ist. Meint, wir hätten einen Autounfall gehabt.

»Niemand darf weg«, sagt er, »bis die Polizei informiert ist.«

»Ich pass auf Freddy auf«, sagt Berry. »Wir warten, bis wir wissen, was los ist mit dir und deiner Mama.«

Von meinem Bett aus sehe ich sie. Ein Punk und ein kleines Mädchen. Ein kleines Mädchen, das neben ihm hergeht, ohne zu fragen, wohin. 5

*

Wir teilen uns ein Zimmer in einem Haus, in dem viele Frauen wohnen. Manche mit Kindern, manche allein. Meine Mutter und ich müssen beide zur Polizei. Das 10 Krankenhaus hat die Körperverletzungen gemeldet.

Meine Mutter redet nicht viel. Sie hat immer noch den dicken weißen Verband auf der Nase. Die Farben in ihrem Gesicht gehen langsam von dunklem Lila zu einem hellen Gelbgrün über. 15

Sie haben sich ein Mal getroffen. Eine *Anwältin* und eine Frau hier aus dem Frauenhaus waren dabei. Meine Mutter wollte meinen Vater nicht *anzeigen*. Ich habe ihr gesagt, ich werde das tun. Ich habe gesehen, wie ihre Augen dunkel wurden vor Angst. 20 Sie schaute mich an. Dann nickte sie.

Mein Gesicht sah immer noch schlimm aus, als ich nach einer Woche im Krankenhaus wieder in die Klasse kam. Die dunklen Stellen im Gesicht, die verfärbten Augen. Keiner hat was dazu gesagt. 25

der Anwalt, Jurist, der jemanden vor Gericht vertritt
anzeigen, eine Straftat bei der Polizei melden

Ich glaube, in der Schule wissen alle, was passiert ist. Dass die Polizei bei uns im Haus war.

Manchmal fragen mich welche, ob ich mit in die Pause komme. Manche fragen nach Hausaufgaben. Manche fragen, ob ich nach der Schule mit ins Café gehe.

Bei der letzten Mathearbeit hat mein Nachbar das Blatt so gedreht, dass ich abschreiben konnte. Der Lehrer hat es gesehen. Aber gesagt hat er nichts.

*

Die Parkbank hinter dem Krankenhaus. Menschen gehen vorbei und werfen im Vorbeigehen Blicke auf den Punk, der dort sitzt neben einem blassen Vierzehnjährigen.

»Wie geht's deiner Mutter?«

»Sie weint viel. Sie redet mit ihrer Anwältin. Sie sagt, ich muss ihn nicht sehen. Wenn er Freddy sehen will, muss jemand vom *Jugendamt* dabei sein.«

»Und das Rad? Willst du es wirklich nicht mehr?«

Ich schüttele den Kopf. »Ist deins. Hab ich doch gesagt.«

Er öffnet den Stoffsack, den er neben der Bank abgestellt hat.

»Ich hab auch etwas für dich.« Er zieht einen *Gettoblaster* heraus, dreht am Volumenknopf. »Hab dir ja gesagt, du hörst es, wenn es fertig ist.«

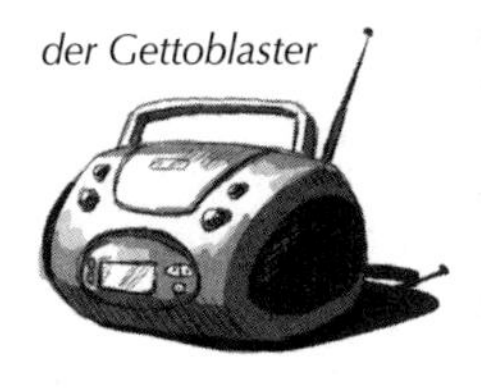
der Gettoblaster

das Jugendamt, Behörde, die sich um die Probleme von Kindern und Jugendlichen kümmert

Ich höre seine *heisere* Stimme. Ich höre die Gitarre. Und mir ist es egal, wer sieht, wenn ich heule.

Ich höre, wie Berry singt. »Kinderblut, Kinderblut. Und sie wehren sich nicht, denn sie wollen das nicht ... «

***

Unsere Wohnung heute: drei Räume. Und doch 5 kommt sie mir viel größer vor als das Haus, in dem wir wohnten.

Es ist lange her, dass meine Schwester vor mir stand in einem langen Nachthemd und fragte, ob sie bei mir schlafen kann. 10

Vor ein paar Tagen habe ich sie im Bad überrascht. In einem *Slip* und einem BH von meiner Mutter stand sie vor dem Spiegel. Als ich sie fragte, wie viel Watte sie sich da reingestopft hätte, sah sie mich nur kühl an und sagte: »Du Blödmann.« 15

Das kleine Mädchen ist aber wieder da, wenn sie in Gedanken versunken aus dem Fenster sieht. Wenn sich ihr Blick weit weg in der Ferne verliert. Das kleine Mädchen ist wieder da, wenn sie im Schlaf weint. Dann gehe ich zu ihr hinüber, nehme sie in 20 die Arme und halte sie fest, bis sie wieder eingeschlafen ist.

Ich hab ein paar Freunde hier im Ort. Zwei aus meiner Klasse, zwei aus meinem Sportverein. Mit

heiser, rau, als ob man erkältet ist
der Slip, siehe Zeichnung Seite 56

der Slip

Berry treffe ich mich vielleicht einmal im Monat. Aber wir mailen uns, telefonieren, schicken uns SMS.

Er hat sich nicht verändert. Ist immer noch der, der er damals war. Ein Punk mit Metall im Gesicht und Tattoos über dem ganzen Körper. Seit zwei Jahren spielt er in einer Rockband. Er schickt mir immer die neuesten Songs, die er komponiert hat. Damit ich sie als Erster höre.

Der Gettoblaster steht bei uns in der Küche. Und manchmal sitze ich an dem kleinen Tisch, sehe aus dem Fenster und höre seine rockige Stimme, die »Kinderblut« singt.

*****

Fragen

1. Wie sieht die Wohnung aus, in der Matti heute mit seiner Mutter und kleinen Schwester wohnt?

2. Woran muss Matti jedes Jahr um diese Zeit denken?

3. Was geschah im Baumarkt? Und nach dem Besuch im Baumarkt?

4. Warum machte Matti als kleiner Junge nachts ins Bett?

5. Beschreibe das Verhältnis zwischen Matti und seiner Schwester.

6. Was hören Matti und seine Schwester manchmal, wenn sie beide abends auf seinem Bett sitzen?

7. Wann und wie werden Matti und Berry Freunde?

8. Warum erzählt Matti seiner Mutter nicht, dass der Vater ihn verprügelt?

9. Was machen Matti und Freddy in der Scheune?

10. Wie reagiert Berry auf Freddys Angst?

11. Warum gibt Berry Matti sein Handy?

12. Was sieht Matti, als seine Mutter ihm einen Verband anlegt?

13. Warum besucht Matti seinen Freund Berry, anstatt zur Schule zu gehen?

14. Was erzählt Matti seinem Freund?

15. Aus welchem Grund schlägt der Vater Freddy ins Gesicht?

16. Was will die Mutter tun, sobald es Ferien gibt?

17. Wie denkt Matti darüber?

18. Warum wohnt Berry in einer Bruchbude?

19. Warum will der Vater, dass Matti an einem Radrennen teilnimmt?

20. Was sagt ihm seine Mutter noch vor dem Rennen?

21. Beschreibe, wie das Radrennen verläuft.

22. Wie verbringen Matti und Berry den Abend?

23. Was passiert, als Matti an diesem Abend spät nach Hause kommt?

24. Was ändert sich nach Mattis letztem Aufenthalt im Krankenhaus?

25. Wie geht es Matti und seiner Schwester vier Jahre später?

Sprachübungen

Setze die Verben ins Präteritum:
Als ich am nächsten Morgen *aufstehe, schmerzt* mein Körper. Ich *stelle* mich vor den Spiegel und *betrachte* mein Gesicht. *Ziehe* das Pflaster ab. Auf den Schultern, auf den Rippen *sind* dunkle Flecken und rote Abdrücke. Aber das alles *verdeckt* mein Hemd. Ein Schlag mit der flachen Hand ins Gesicht *ist* schlimmer. Da *zeichnen* sich die Finger ab. Die *kann* man nicht verstecken. Ich *denke* an meine Mutter. Ich *sehe* Freddy vor mir, die auf dem Sofa *schläft*.

Wie heißt es im Plural?

Es fiel kein *Wort* über die Katze.

Ich finde keine ....

Ich lege eine *Hand* auf ihren Bauch.

Ihre .... sind kalt.

Das *Auge* ist verschwollen.

Ihre .... sind müde.

Sie sucht meinen *Blick*.

Sie werfen .... auf den Punk.

Er hebt langsam den *Kopf*.

Regen fällt auf unsere ....

Welche Präposition fehlt?

Die Schläge brennen	meiner Haut.
Er schleudert ihn	die Wand.
Er zieht eine Büroklammer	seiner Hosentasche.
Sie greift	meiner Hand.
Sie haben einige Zeit	Christian gewohnt.
Sie sagt nichts mehr	ihrem Plan.
Wir gehen	die Stadt.

Welches Relativpronomen fehlt?

Dann spielt er ein Lied,	ich nicht kenne.
Er stellt sich vor meinen Vater,	stumm mitten im Raum steht.
Es gibt Tote, über	redet man nicht.
Er erzählt von jemandem,	ich nicht kenne.
Es ist das gleiche Rad,	der Junge vom Bürgermeister hat.
Ich sehe ein kleines Mädchen,	neben ihm hergeht.